AU ROI

OU

APPRÉCIATION DES ACTES

DU GOUVERNEMENT;

Par **JULES BERRIER.**

27 Juillet 1835.

AU ROI.

AU ROI

OU

APPRÉCIATION DES ACTES

DU GOUVERNEMENT;

Par **JULES BERRIER.**

27 Juillet 1835.

AU ROI.

Novice journalière au chantier de la presse,
Philippe, c'est à toi que ma muse s'adresse :
Si, dans le flot public, je viens jetter mon nom,
C'est pour venir t'offrir ma première moisson.
Alors qu'autour de moi tant de plumes acerbes,
Dans d'ignobles tripots vont composer leurs gerbes.

Lorsque les factieux intraitables, ardens ,

Cumulent contre toi des efforts impuissans ,

Prince, daigne souffrir que ma muse novice

Vienne les écraser en te rendant justice :

C'est trop long-temps souffrir leurs indignes clameurs,

Moi, je veux les traîner aux bancs accusateurs.

Déjà je les entends, dans leur rage insensée ,

Dire qu'aux flots de l'or j'humecte ma pensée;

Que j'ai vendu ma plume avec ma liberté ;

Qui ne dit pas comme eux est toujours acheté ;

Eux seuls ont des vertus, eux seuls ont l'âme pure,

Qui discute avec eux n'obtiendra que l'injure.

Qu'importe, je connais tous ces visages faux,

J'irai les démasquer au sein de leurs tripots ,

Et loin de redouter leurs voix accusatrices

Je foulerai du pied leurs sales immondices.

Ceux qui veulent la paix, le repos du pays,

Du peuple ceux-là sont les sincères amis;

Mais ne venez donc pas la menace à la bouche

Prêcher en plein soleil votre code farouche,

Mêler la liberté dans vos vœux insensés;

Terroristes hideux, vos beaux jours sont passés.

Le peuple ne veut plus lire votre évangile,

D'un trône ensanglanté la base est trop fragile :

Mais voyons! discutons un moment avec vous,

Je saurai modérer ma colère et mes coups!

Depuis le grand juillet vous répétez sans cesse

Que loin de nous grandir, le pouvoir nous abaisse,

Que nous avons perdu nos droits, nos libertés.

Que le pouvoir se perd dans ses lubricités;

Et que traînant le peuple à l'égoût de la rue,

Il jette l'infamie à la France éperdue.

Insensés! arrêtez! vos mensongères voix,

D'un pouvoir qui toujours a respecté les lois,

Prétendraient vainement dans leurs feintes colères,

D'un voile noir, draper nos publiques misères.

De Juillet, dites-vous, trahissant le grand but

Le pouvoir à la honte a payé son tribut....

Ah ! regardez plutôt : notre grande semaine,

Nous léguait tous les maux que l'anarchie entraîne...

L'étranger menaçant prêt à fondre sur nous,

Voulait nous assigner un sanglant rendez-vous,

Et le pouvoir, suivant l'intérêt de la France,

Calme, avec dignité, trompa cette espérance.

Mais direz-vous toujours : nous avons acheté

Cette paix aux dépens de notre dignité!...

Vous en avez menti! la France respectée,

Repousse avec dédain votre voix empruntée.

Renouvelant encor de sinistres débats,

Fallait-il réveiller le lion des combats?

Exposer de nouveau le sol de la Patrie

A plier sous les pas de la horde ennemie,

Non, non! et le pouvoir agissant sagement,

Evita cet écueil; mais toujours dignement.

Mais viendrez-vous me dire : au milieu de la rue

On vit la liberté déchirée et vaincue,

La liberté! vraiment j'admire l'impudeur,

Qui vous guide, en tenant ce langage imposteur.

Est-ce la liberté dont la rouge bannière,

Se montrait dans Paris sur un char sanguinaire?

Est-ce là liberté! qu'aux *cinq* et *six* juin,

Promenait à nos yeux le triangle assassin :

Non : c'était l'anarchie haletante et terrible,

Dont la lâche fureur prenait la loi pour cible,

C'était l'égarement de la férocité,

C'était l'assassinat, et non la liberté!

Et ce drame d'Avril, effrayant météore,

Dont les tristes débris nous menacent encore!

Est-ce la liberté qui présidait aux jeux,

Dont des acteurs sanglans effrayèrent nos yeux.

Silence, factieux! s'il fallut vous abattre,

Si contre des Français le pouvoir dut combattre,

Vous seuls l'avez voulu : vous l'avez mérité,

Vous seuls avez trahi la sainte liberté.

Et si pour éviter des discordes civiles,

Pour éteindre à jamais son germe dans nos villes,

Le pouvoir implora de plus sévères lois,

Vous dites qu'on trahit, qu'on déchire vos droits;

C'est-à-dire qu'il faut vous laisser à votre aise,

Nous traîner chaque jour aux pieds de la fournaise;

Il fallait vous laisser, potentats insensés,

Renouveller l'éclat de vos crimes passés,

Sur les débris fumans de l'arbre monarchique,

Installer à plaisir l'atroce république.

Non, non, détrompez-vous; le peuple ne veut pas
Vous laisser dans l'arène encor porter vos pas :
Vos efforts impuissans auraient dû vous apprendre,
Quel est le résultat que vous pouvez attendre ;
Mais rien ne peut calmer vos cœurs ivres de sang,
Rien ne peut arrêter votre bras menaçant !
Tous moyens vous sont bons : votre haine implacable
Ne sait rien respecter, et tout homme est coupable,
Qui veut allier l'ordre avec la liberté,
Vous avez fait divorce avec la vérité,
Au Roi de notre choix pour prodiguer l'injure,
Vous avez épuisé l'arme de l'imposture ;
Jamais on n'avait vu tant de debordement,
Sur un prince vomir l'insulte impunément ;
Et vous osez encore élever une plainte :
La liberté, dit-on, est lâchement restreinte !
On ne vous a que trop pardonné vos forfaits,
Votre audace s'accroît du nombre des bienfaits,

Ah ! bénissez plutôt la main qui vous gouverne !

Bénissez de nos Rois cette vertu moderne,

Qui de nos factions méprisant la fureur,

Installe la clémence au siége accusateur.

La clémence pour vous ! vous en êtes indignes !

De sa rage toujours déployant les insignes,

Toujours prêt à lutter contre un pouvoir loyal,

Vous glisserez le fer sous le manteau royal ;

Eh ! voyez : pour venger les maux de la Patrie,

On livre votre sort aux mains de la Pairie,

Ces purs Patriciens aux desseins généreux,

Vous font par la clémence amener devant eux :

Ils vous ont prodigué, dans leur omnipotence,

Tous les soins empressés que verse l'indulgence ;

Eh bien ! vous les avez mille fois insulté…

Ils n'ont pas dépouillé leur magnanimité…

Allez donc, vils frondeurs, à l'aide du mensonge,

Vainement vous cachez le venin qui vous ronge ;

Votre morale à vous, c'est le fer et le feu,

De tout principe humain vous vous faites un jeu ;

Vous voulez renverser l'échelle sociale

Pour donner en retour une charte infernale.

Allons! vous le voyez, on ne veut pas de vous,

Renoncez d'assigner vos sanglans rendez-vous.

De paix et de repos la France est affamée,

Elle frémit d'horreur à votre renommée.

Et toi, Prince, qui vins au milieu de nos rangs,

Comme un père alarmé pour sauver tes enfants.

Sacré par notre amour, toujours notre assistance

Aidera tes desseins pour le bien de la France ;

Laisse des factions s'agiter les lambeaux!

La France veut des lois et non pas des bourreaux;

Tes dignes conseillers suivant ta noble envie,

Répondent aux besoins, aux vœux de la Patrie.

Gloire leur soit rendue au milieu du danger,

Fils de la liberté rien ne les fait changer;

Au milieu des écueils que le pouvoir entraîne,

Ils ont des factions brisé la lourde chaîne :

Ministres, gloire à vous, car la postérité

Dira : ceux-là vraiment aimaient la liberté.

Vous, cruels ennemis de la paix et de l'ordre,

Respectez le pouvoir, vous ne pouvez y mordre,

Vertueux discoureurs qui voulez tout changer

Et ne savez que fuir au moment du danger;

Hommes dégénérés rentrez dans la poussière....

Silence ! car voici le grand anniversaire.

Silence, car le peuple apprête ses concerts;

Voyez, regardez-le, ses bras n'o nt point de fers :

Heureux en travaillant, il bénit la puissance
De la main qui préside aux destins de la France,
Et du Roi-citoyen élu de notre choix,
Pour chanter ses vertus il élève la voix.

O Prince, viens entendre au sein de l'allégresse,
Comme chérit ton nom, la foule qui se presse :
En ce moment heureux, je brise mon pinceau,
Je ne saurais tracer un si brillant tableau ;
Parmi ces flots d'heureux, il faut que je me jette,
En bénissant ton nom je me mêle à la fête.

ARGENTEUIL. —IMPRIMERIE DE JULES BERRIER.